レクチャーブックス◆お話入門3

おぼえること

松岡享子 著

東京子ども図書館

お話を語るのはたやすいことだなどと、ゆめゆめ思ってはなりません。
お話をすっかり自分のものにし、努力のあとやぎこちなさをまったく
見せずに語るためには、それ相当の準備がいるのです。

アイリーン・コルウェル

もくじ

本書は、一九七九年に当館より刊行した小冊子「たのしいお話」シリーズの4『おぼえること』の新装版です。後半には一九九四年に日本エディタースクール出版部より刊行された、東京子ども図書館編『お話——おとなから子どもへ 子どもからおとなへ』（たのしいお話）より、松岡享子へのインタビュー「『お話』という世界」を収載しました。

一、お話をおぼえること

お話はおぼえなくてはいけないか

「お話をしてみたいのですが、わたしは記憶力がまるっきりだめなもんですから……」とか、「学生時代から暗記ものは苦手で、お話をおぼえるなんて、とてもとても」という声をよく聞きます。どうやら「おぼえる」ということが、お話をしてみようと思いたった人の前に立ちはだかるいちばんの壁と思われているようです。そして、「おぼえる」というのは、とりもなおさず「暗記する」ことであり、暗記するためには「記憶力」が何にもまして必要だ……というのが、一般の人の考えのようです。

しかし、少しでもお話をしたことのある人ならおわかりのように、お話を「おぼえる」のは、けっして「暗記する」のと同じではありませんし、おぼえるためには、単なる「記憶力」以上の、別の頭と心の働きが必要です。が、そのことについては、ゆっくり考えることとして、まず、いったいお話というものは本に書いてあるとおりおぼえてしなければいけないものだろうかという、多くの方から出される疑問について考えてみたいと思います。結論からさきにいえば、わたしの答えは、条件つきの「はい」です。もっとも大事な条件は「本に書いてあるとおり」というその本が、お話のテキストとしてよくできていること、そして「おぼえる」ということが、機械的な丸暗記ではないこと、の二つです。ともかく原則は、**よいテキストを選び、それをきちんとおぼえること**です。

よいことばで語るために

もし、おぼえなくてもいいとお考えの方がいらしたら、よく知っているお話――「桃太郎」でも、「赤ずきん」でもを語って、それを録音し、あとで聞きなおしてみるということをなさってみてください。自分ではよくわかっているつもりでも、頭の中で筋だけをたどるのではなく、声に出して、はっきり語らなければならなくなると、思ったほど簡単にはいかないことがすぐおわかりになるでしょう。「あれ？　それで、その次、どうなるんだっけ？」と途中で話の糸が切れてしまうこともあるでしょう。話はわかっているのに、その場ですぐに適当なことばが思い浮かばず、立往生することもあるでしょう。あるいは、いつもいつも頭の中でことばをさがしているために、自分では気づかずに、「えーと」とか「あのー」とか「それで」を連発していることもあるでしょう。また、たとえ、おしまいまでなんとか語ることができたとしても、自分の使ったことばを吟味してみたら、どういうことになるでしょうか。たとえば、自分が話した「桃太郎」なり、「赤ずきん」なりを、同じ話のきちんとしたテキストと比べてみたらどうでしょう。十分な準備なしにいきなり語った話は、出来事そのものの順序が前後していたり、むだなことばが多かったり、語り手の思いばかりが先走って、聞き手には話の情景がはっきりと浮かばなかったりといったことが、必ず見られると思います。

わたしたちが、事前の準備なしに使えることばというのは、そのように、けっしてりっぱなものではありません。下手な鉄砲打ちが一発で獲物の急所を射抜くことができず、いくつもの無駄玉を費やすように、ひとことで的確に表現できるはずのことを、いくつものことばを重ねて、なおうまくいいつくせない不満を心に残す、といったことがどんなに多いでしょう。そして、そのようなことばは、聞き手の中に、描いては消し、描いては消して、全体に黒くうすよごれてしまったデッサンを見るような、はっきりしない印象を残します。

お話を聞くことは、子どもたちにとって、美しいことばにふれる数少ない――唯一のといってもいいかもしれません――機会なのですから、いいかげんなことばで話したのでは、お話をすることの大事なひとつの意味が失われてしまいます。ですから、口からひとりでに出ることばが、いつも自分の思っていることを的確に、過不足なく伝えていると自信をもっていい切れる人はともかく、そうでない人は、よく書かれたテキストを使うのが望ましいのです。よく書かれたテキストとは、もっとも数少ないことばで、必要なことを表現しているもの、従って、ひとつひとつのことばに、そのことばでしか表わせないものの重みがかかっており、その結果、全体がひきしまって、力強く感じられる文章。また、音としてのことばのおもしろみや美しさを感じさせる文章をいいます。

耳からはいったことばは、印象に残ります。幼い子に絵本を読んでやったことがおありの方は、子どもたちが、一度しか読んでもらったことのない絵本でも、その中のことばをよくおぼえており、二度目に読み方を違えるとすぐそれを指摘する、といったことをおそらく何度も経験なさっているでしょう。それほど、語られたことばは、心に残るのです。とすれば、毎回行きあたりばったりの、むだの多いことばで語るよりは、安定したことばでくりかえし語ってやったほうが、子どもにとってずっとよいことだということがおわかりでしょう。そうして心の中に貯えられたことばが、そのリズムや、音のひびきや、ニュアンスなどをすべてその中につつみこんだまま、その子の財産になることを考えれば、語り手の責任は、たいへん大きいのです。

聞き手の心をお話にひきいれるために

よく書かれたテキストをきちんとおぼえて話すことの、もうひとつの重要な意味は、むだなく、美しく語られたことばのみが、実はわたしたちをお話の世界へ運んでくれるという点です。お話の世界は、想像の世界、非日常的な世界です。お話の主流をしめる昔話の多くは、超自然的な要素を含んでいます。口をきく動物、魔ものや大男、仙女や神さま、一打ちでどんな相手も殺せる棒もあれば、一滴で死人を生きかえらせる水も出てきます。これらは、すべてこの世とは別の世界に属している事柄です。また、たとえこの世で起こる事柄を扱った現実的な物語の場合でも、それは、聞き手の目の前で起こっているわけではないのですから、やはり、心の中で、それを想像しながら聞くということになります。いずれにせよ、物語を聞くとき、わたしたちの心は、日常的な世界からは離れるのです。

ところで、わたしたちの心には、違った種類の精神活動を営むいくつかの層があるように思います。そして、それぞれの層には、そのレベルの精神活動にふさわしいことばがあります。人は祈るとき、「ねえ、それちょうだいよう」とか「はやくしてよ」といった日常生活のレベルのことばづかいはしませんし、逆に、たとえ台所でお皿を洗っているときでも、どこからか韻文体の詩を朗々と読む声が聞こえてきたりすると、一瞬心が緊張し、高まるのをおぼえます。このように、ことばと精神生活のレベルとは、密接に結びついていますから、お話の世界に心が遊ぶためには、やはり、そこに心が自然に運ばれていくようなことばを使う必要があると思います。

あるとき、ボランティアとして子ども会の指導者をしているという男の学生から、キャンプなどで、子どもにおとぎ話をしてやるけれども、自分が話すと、子どもが「うそだ、うそだ」といって聞かない、といわれたことがあります。わたしは、その人の話しぶりからいって、おそらく子どもに話をするときも、かなりくだけた、いわば仲間うちのことばを使っているのではないか、だから子どもが本気になって聞かないのではないかと思いました。その人自身の経験や、子ども時代の思い出を語る場合ならともかく、架空の世界で起こる不思議にみちた出来事の話をするのに、「そいでさ、その女の子がさ、世界の果てへ行ったんだよ。したら、そこにお日さまがいてさ、それがまたすっごくこわい人でさ、子どもつかまえちゃパクパク食べちゃってんの」というようなことばを使ったとしたら、どうでしょう。その子たちならずとも「そんなことうそだ」といいたくなるではありませんか。その青年のことばが、日常のレベルのものであるために、聞き手である子どもの心も日常レベルにとどまってしまい、そこでは超自然的な現象が、おかしいもの、ほんとうとは思えないものと映ってしまうのです。

これは、いささか誇張したひとつの例ですが、テキストのことばをきちんとおぼえないまま話すと、わたしたちのことばは、どうしても日常のことばのレベルのものになりがちです。ことに、幼い子に話すときは、親しみをもたせようという気持が働くのでしょうか、「……ね、……たの、……だって」というような語尾を使う人が多いようです。しかし、こうしたしまりのない、甘ったるいことばは、聞き手の心をゆるめてしまい、お話を聞くのに必要な精神の緊張をつくり出してくれません。これは、語り手についてもいえることで、やはり、むだのないことばを使ってこそ、架空の世界をつくり出し、それを支えるだけの精神の緊張を得ることができるのです。

語り手の心の安定のために

お話を語るとき、語り手の心には、緊張と同時に安定も必要です。ことばをさぐりながら話をすると、気持がそちらにとられて、語り手の心に落着きがなくなることがあります。

ひとりで練習しているときはいざしらず、子どもを前にして語りはじめると、どんなことが起こるかわかりませんから、子どもの反応にも気をとられ、次にいうべきことばもさがし——では、けっしてよい話はできません。

語る人が、その心の中にイメージをはっきりもち、それを伝えたいという熱意ももっているのに、それをうまくのせることばが出てこないために、同じことばを何度もくりかえし、その結果、聞き手はお話にはいりこめず、結局語り手のからまわりになってしまったお話の例を、わたしもいくつか聞いています。もう少しことばがその人の頭の中にしっかりおさまっていたら、そうはならなかったでしょう。お話をおぼえてしたほうがいい理由は、語り手の心の安定に必要だということもあるのです。

このことは、とくに初めてお話をする人には強調しておきたいことです。ことばがしっかり頭にはいっていて、途中でうろたえたりしなくてすむという自信があれば、聞き手である子どもも、話がはじまる前から、すでにそうした語り手の安定感を感じとり、自分たちも安心して話を聞こうとするものです。また、「もういっぺんして」とくりかえしてせがまれたとき、同じ安定したことばで話してやることもできます。

お話に非常によくなれて、いわばお話のことばの調子が身についてくれば、昔話やそれに類した話――つまり独特の用語や表現上のスタイルが問題になるのではない話――なら、いちいちことばの細かい点までテキストどおりにおぼえなくてもいい場合もあるでしょう。しかし、子どもの前に立つときの気持の安定ということからいえば、ことばが自分のものになっていたほうがいいのはいうまでもありません。

丸暗記はいけない

さて、以上のような理由から、わたしは、原則的には、語り手が、よいテキストを選び、それをきちんとおぼえて話すことが望ましいと考えています。しかし、さきにも述べたように、この「おぼえる」は、丸暗記ではありません。むしろ丸暗記してもらっては困るのです。

丸暗記をしてはいけないというのは、第一に、その作業がたいくつで苦痛だからです。

暗記ということばで、たいていの人がまず思い浮かべるのは試験勉強だと思いますが、それには、別に興味をもっているわけでもなんでもない事柄を、やみくもに頭につめこむという感じがつきまといます。暗記と聞いただけで「ああ、いやだ。やりたくない」という気持がわいてきてしまいます。

お話を、いやなもの、やりたくないものと感じてもらっては困ります。お話は、ある人の心にあるたのしみを別の人の心に分けて伝えていく営みなのですから、おぼえる段階でも、その本人が、それをたいくつだと思ったり、苦痛だと感じるようではいけないのです。つめこみでなくおぼえる方法についてはのちに述べますが、ともかくお話は、試験のために年代や地名をおぼえたようにおぼえるものではないことを、心にとめていただきたいと思います。

それに、もし、お話を丸暗記しておぼえてしまうと、語っている途中で立往生する危険があります。「そこで」とか「ある日」とかいうことばひとつをいい間違っても、そのあとがつづかなくなったり、何かの理由で頭の中が突然まっ白になって、どうしても話のさきが出てこないといったことになります。また一度つっかえると、はじめからやりなおさないと、つっかえたところから話がつづけられないということにもなります。こういう危険を避けるためにも、丸暗記をしてはいけないのです。

暗誦と再創造

それより何より丸暗記がいけないいちばんの理由は、丸暗記でおぼえた話は、「暗誦」になってしまい「語り」にはならないということです。機械的にはいったものは、出るときも機械的になるものです。

お話は、暗誦ではありません。語られるそのときそのときにお話を生きかえらせること＝再創造なのです。ただことばをなぞっているだけの暗誦は、語り手にとっても、聞き手にとってもたいくつです。それに対し、再創造としてのお話は、うまくいけばいくほど、そのお話が今初めて語られたといった新鮮な感じがするものです。それだからこそ、語り手としても、同じ話を何度してもあきないということがあるのですし、聞き手も、もう一度あの話を聞いてみたいという気になるのだと思います。

よく語られたお話には、また臨場感があります。たとえそれがどんなに空想的なお話であっても、自分がそのとき、その場に居合わせたような、事件のひとこまひとこまを自分の目で追っているようなたのしさがあります。ある有名な語り手は、自分がこれまでに受けた賞讃のことばのうち、いちばん忘れられないのは、はなやかな結婚式で幕を閉じる話を語り終えたその人のところへ、聞き手のひとりである小さな男の子がやってきて、「おばさんもそこにいたの?」と聞いたことだったといっています。それほどの臨場感を聞き手に感じさせる話し方は、丸暗記からはけっして生まれてきません。丸暗記から聞き手が感じとるのは、いちばんいいときでもその人が一所懸命だなということぐらいで、下手をすると、その人が無理をして話をおぼえ、義務感からだけで話しているなということにもなりかねません。

このことからもわかるように、暗誦したお話を聞かされると、聞き手の注意は、どうしても語り手その人、あるいはその人がうまく話すか、おしまいまで間違えず、つっかえずにいえるかといったことに向けられてしまい、話の中で起こっていること自体には向かなくなります。話より語り手に注意を向けさせるような語り方は、お話としてはりっぱとはいえません。うまく語られた場合、聞き手は、語り手の顔を見つめていながら、そこに、あるときは愛らしい王女を見、あるときはおそろしい魔女の顔を見ているのです。それは、語り手があたかもその話が、自分の内部からわき出てくるかのごとく語るからで、お話がどこか別のところにあって、自分はただそれをオウムのようにくりかえすだけといった語り方では、聞き手は、語り手の奥に、話の人物や情景を見ることはできません。この〝語り手の中から自然にわいて出るような語り方〟をするためにも、丸暗記は避けなければならないのです。

二、お話のおぼえ方（一）

基本的な段階

　さて、「おぼえる」ということの中身がどういうことか、ひととおりご理解いただいたところで、具体的に、おぼえる作業の順序とやり方について述べてみたいと思います。ただし、ここに述べるのは、あくまでひとつの方法であって、だれもがこのとおりやらなければいけないということではありません。いろんな方のやり方をうかがってみても、全体を何回か声に出して読んでいるうちに自然におぼえてしまう、とおっしゃる方もあれば、お話を細かく区切って、一区切りずつていねいに、完全におぼえる、前のところが頭にはいらないと次へはすすめない、とおっしゃる方もあります。おぼえることをちっとも苦にしない方もあれば、相当悪戦苦闘なさる方もあり、おぼえた話をすぐ忘れて、語るたびにあらためておぼえなおす方があると思えば、いったんおぼえた話は、かなり間をおいてもらくに「もどせる」方がある等々、人によってさまざまです。なんでもそうですが、お話のおぼえ方も、それぞれその人にあった、やりやすい方法があると思いますので、実際にいくつかやっているうちに、自分なりのやり方を身につけてくだされば と思います。

ここでは、おぼえる作業を

一、全体を声に出して読む
二、話の骨組を頭にいれる
三、話を絵にする（場面ごとに）
四、仕上げをする（全体をとおして）

という四つの段階に分けて行う、ごく常識的、基本的なやり方をご紹介しておきましょう。

全体を声に出して読む

テキストが決まったら、まず全体をとおして、なるべくゆっくり声に出して読んでみます。このとき注意してほしいのは、目をべったり文字の上にすえたまま読まない、ということです。具体的に申しますと、テキストを見て、一度に頭にいれてしまえる量――一行から二、三行でしょうか――を頭にいれたら、目をテキストから離し、今頭にいれたその部分を声に出していってみるのです。つまり、目で活字を追いながら、同時に声を出すのではなく、パッと見てつかんだ文章を、声に出して読み、また次のひとかたまりを頭にいれて、そこを声に出していってみるというようにするのです。そして、そのとき、**自分の声を自分の耳で聞く**ように心がけてください。このときに限らず、練習の全過程をとおして、声になったお話を自分も聞くということをつとめてなさるように。そういうくせをつけますと、ことばを、文字にたよらず、イメージとしてとらえる訓練がひとりでにできるからです。活字として本のページにおさまっている間は、ことばはいわば寝ているようなものです。お話は、そのことばを起こして、動かすことですから、練習のはじめから、目を活字から離すようにつとめると、それだけことばが早く立ちあがって動くようになります。

さて、こうして全体をとおして声を出して読んでみますと、そのお話の雰囲気や、大きな流れをつかむことができます。このときは、漠とした感じで、のちに場面場面をもっとていねいに見ていくと印象が違ってくる場合もあるかもしれませんが、最初に受ける感じというのは、そのお話と話し手であるあなたがどこで結びつくか、そのいちばん中心を示していることが多いので、大事にしていただきたいと思います。

このとき、ついでに、すっととおして読むのにかかる時間をはかってメモしておくとよいでしょう。語るときは、読むときより少し時間が多くかかるのがふつうですが、新しいお話の場合、約何分かということがわかっていると、お話のじかんでほかのお話との組み合わせを考えたりするのに便利です。

なお、テキストは、おぼえる作業にとりかかる前に、できるだけそのまま語れる形にととのえておくことが望ましいのですが、目で読むのと、声に出していってみるのとでは違う点がありますので、もし、非常にいいにくいところ、息つぎのうまくいかないところ、耳で聞いておかしいところ等があったら、この段階でテキストに手をいれておいてください。「堅い」「片方」「肩」「しかたがない」などということばは、意味がまったく違いますから、つづけて使われていても、目で読んだときには気になりませんが、声に出したときは「カタ」という音の重なりが耳について困るというような場合があります。そのためにまじめな場面で、予期せぬふざけた効果が生まれてしまったりすることもありますから、はじめ読むときに、テキスト全体が、耳で聞いて自然で、わかりやすいことばになっているかどうか、よく気をつけておく必要があります。

骨組をつかむ

こうして一回か二回、全体をとおして声に出して読んだら、話のあらすじといいますか、骨組を抜き出してつかむ作業をします。むずかしくいえば、話を分析して、ストーリーの構成を考えるということになりましょうか。

たとえば「かにむかし」(『かにむかし』岩波の子どもの本)を例にとると、この話は、大きく二つに分けられると思います。つまり前半、カニがサルに殺されるまでと、後半、子ガニがサルに仇討ちをするまでです。そして、それぞれの部分は、またさらにいくつかの段階に分けられます。それを整理してみますと、次のようになります。

①

カニが柿の種を見つけて庭にまく

柿が育つ

芽が出る

木になる

実がなる

実がうれる

カニが実をとることができないでいるとサルが来る

カニをだまして青い柿をぶつけて殺す

②

子ガニどもが成長し仇討ちの決心をする

サルのばんばへ出かけ、途中次々と仲間がふえる

パンパン栗にあう

③

ハチにあう
牛のフンにあう
はぜ棒にあう
石うすにあう

サルのばんばにつくが、サルは留守　一同持ち場につく
パンパン栗はいろりの灰の中
子ガニどもは水おけの中
ハチはかもいの上
牛のフン、戸口のしきい
石うす、軒下
はぜ棒、戸口のわき

サル帰る　一同次々にサルに襲いかかる
栗→子ガニども→ハチ→牛のフン→はぜ棒→石うすの順

サル死ぬ

①は前半、③は後半、その間につなぎとして②がはさまっています。そして③の中は、旅の途中と、サルの家についてからの二つの部分からなり、サルの家の中は、さらに、待ちかまえている部分と、実際にやっつける部分の二つに分かれていることがわかります。これがお芝居とすれば、①と③はそれぞれひと幕に、②は幕間の出来事にあたるでしょう。一幕は終始場面が変わらないのにひきかえ、二幕は、一場（道中）と二場（サルの家）で、場面が変わります。

こうした話の組み立てがのみこめますと、力の配分や、テムポの緩急などが、おのずと決まってきます。「かにむかし」では、なんといっても二幕二場に当たるサルがやっつけられる場面でいちばんの盛りあがりが必要になってきますから、それまでの部分は、余裕をもって話をすすめなくてはいけないことがわかるでしょう。

また、こうして話の骨組をしっかりつかんでおきますと、万一、ひょいとことばが出てこなくなっても、自分のことばでなんとか話をつづけることができます。また、細部を練習するときも、それを全体の流れの中において見ることができますから、仕上げのときに力の配分のバランスがくずれることも少ないのです。

この作業は、何もいちいち紙に書き出す、といったやり方でしなくてもかまいません。頭の中で、話のいちばん太い骨のところをしっかり押さえて、順序どおりにたどるということをするだけでもよいのです。しかし、最初のうちは、お話の構成をつかむために、この段階の作業をていねいにやってごらんになるといいでしょう。耳で聞いて快く、適当な気持の盛りあがりと解放感があるといった話が、どんなによく均衡のとれた構成になっているかがわかっておもしろいと思います。

お話を絵にする

話の骨組の大体のところがのみこめたら、今度は、いよいよことばをおぼえる段階にはいります。このときいちばん大事なことは、「絵にする」ということです。

「三びきの子ブタ」(『イギリスとアイルランドの昔話』福音館書店　所収)の話を例にとってみましょう。ことばをおぼえる段階にくるまでに、あなたは、この話をすでに何回か声に出して読み、話の骨組もとらえているはずですから、あなたの心の中には、登場人物であるブタやオオカミの姿や動きがたとえ漠然とであっても思い浮かんでいるはずです。ことばをおぼえることは、その漠然とした絵を、はっきりさせ、生き生きと動かすことなのです。話は、「むかし、あるところに、一ぴきの雌ブタが住んでいました」とはじまりますが、このとき、まず、あなたの心の中に雌ブタが思い浮かんでいなければなりません。大きさ、形、色、年のとりかげんは、あなたの思いのままです（テキストには書いてないのですから）。そして、あなたの目に、はっきりと雌ブタが見えてきたら、それを見ながら、「むかし、あるところに、一ぴきの雌ブタが住んでいました」と、いってみるのです。けっして、心のスクリーンに文字を映して、その文字を読むことをしてはなりません。「雌ブタには、三びきの子ブタがおりました」というところでは、やはり、子ブタを三びき思い浮かべなければなりません。どんな大きさ、からだつき、顔つき、服を着ているか着ていないか等、これまたあなたの想像にまかされています。

さて、その子ブタたちは、母親に、自分で働いて食べていくようにといわれて、それぞれ世の中へ出ていきます。はじめの子ブタは、ワラたばを持っている男に会い、男からワラをもらって家をつくります。もちろん、このときも、あなたの心の中には、ワラを持った男と、そのワラを分けてくれるようにたのんでいる子ブタの姿が見えていなければなりません。このふたりは、あなたの心のスクリーンには、どのような位置関係で映っているでしょうか。子ブタが右、男が左でしょうか。あるいは、子ブタが左から右へと歩いていき、男は右から左へ歩いているでしょうか。わたしの場合は、まったく客観的にこのふたりをながめるというよりは、どちらかというと自分の気持が子ブタに同化しているせいでしょうか、右手前から、左奥へ向かって子ブタが動く感じで、従ってワラをもった男をほぼ正面に（子ブタがその男を見ているように）見、わたし自身は、子ブタを背後から見ているような感じになります。

もちろん、人によって、それぞれの絵を見ていていいのですが、要は、**それを見ながら**、「まず、一ばんめに出かけた子ブタは、ワラたばを持っている男に会ったので、その人にいいました。『家をつくるんです。どうぞ、わたしにそのワラをください』すると、その人は、ワラをくれたので、子ブタは、それで家をつくりました」というように、**その絵にことばをつけていく**ことです。

ちょっと横道にそれますが、お話を心の中で絵にするとき、人によって動きの流れといいますか、方向が違うのは、おもしろいことだと思います。いつだったか、お話の勉強をしている人たちの集まりで、その人たちの心の中では「かたやきパン」が、右から左へころがっていくか、左から右へころがっていくか、たずねてみたことがありますが、右から左組と、左から右組がほぼ半分に分かれて、おもしろく思ったことがあります。テキストについているさし絵や、本の右開き左開きに影響されるのか、語り手の右利き左利きに関係があるのか、どうして人によって動きの方向のとらえ方に差が出るのか、たいへん興味のあるところです。

それはともかく、問題は、あなたの中で、お話が見え、動くことなのです。また、動いているときは、その速度や、勢いが、よく感じられていなければなりません。「三びきの子ブタ」では、そのあと、ワラの家をつくった子ブタのところへ、オオカミがやってきて、

「子ブタくん、子ブタくん、おれを入れておくれ」「いやだよ、いやだよ、そんなこと、とん、とん、とんでもないよ」「そんなら、おれは、フッとふいて、プッとふいて、この家、ふきたおしちゃうぞ！」というやりとりがあって、オオカミが子ブタの家をふきとばし、子ブタを食べてしまうわけですが、その「フッとふいて、プッとふく」感じが、語り手の中でよくとらえられている必要があります。

「三びきの子ブタ」は、前半は、三回のくりかえしが形式どおり行われて、リアルな感じはなく、視覚的なイメージよりは、聴覚的（音楽的）イメージが強いのですが、後半になると、三びきめの子ブタとオオカミのかけひきが、スミスどんの畑、メリ屋敷のくだもの畑、シャンクリンの市と舞台をかえて行われ、子ブタの身にせまる危険の度も回を重ねるごとに高まって、なかなかドラマチックな展開を見せます。従って、話のおもしろみを出して語ろうとすれば、語り手の中に、事件のなりゆきや状況が、はっきりとイメージになっていなければなりません。子ブタがのぼったリンゴの木の高さ、大きさ、子ブタの位置、子ブタが投げたリンゴがどのくらい遠くまでとんだか、その距離感、子ブタが、バター つくりのおけの中へはいってころがったときの、おけのころがる勢い、煙突からおりていったオオカミが、子ブタがふたをとったなべの中へおちるそのタイミング、等々が、ありありと見え、また感じられているかどうか。それればかりではありません。よく語ろうとすれば、語り手の気分も、話とともに、緊張し、ほっとし、おそれ、安心し、最後に、「オオカミをグツグツ煮て、晩ごはんに食べて」しまった子ブタと一体化して、大いなる満足感を得るまで生き生きと動いていなければなりません。

お話を絵にする、お話のイメージを描くというのは、登場人物の姿、形だけを思い浮かべるのでなく、その人たちの位置関係、動作とその速度、その人たちの気持の動き、表情、全体の情景などすべてをひっくるめて、お話があなたの中で絵になって、流れるように動いていくことをいうのです。そして、ことばをおぼえるということは、その絵にことばをつけること、その絵を、ことばで表現することをいうのです。つまり、**お話をおぼえるということは、テキストのことばによって、あなたの中にイメージを描きそのイメージに先導させて、あなたの中からことばを引き出してくる作業なのです。**

イメージをつくる

まずことばからイメージを、そしてイメージからことばをという、このことばとイメージの相互関係は、実はお話に限らず、言語生活のあらゆる面で見られることだと思います。子どものことばの発達においても、ものごとを描写したり、自分の気持を伝えたりするためには、映像化する能力が大切だといわれています。自分の経験したことや未来のことなどを、はっきり心象としてもつようになって、初めて、他人に、ある程度まとまった話ができるようになるというものです。

子どもの言語習得においては、ことばが映像化をおしすすめるのか、映像がことばをはっきりさせるのかは大きな問題だそうですが、いずれにしても「ことばが単に条件反射として、習性化しただけのものでなく、子どもの精神生活（ここでは映像）と『相互滲透』の形で複合しないと、お話の能力にならない」*と、言語学者たちはいっています。

イメージとことばの関係は、このように深くまた密なもので、よい話を聞いたとき——それは必ずしも物語とは限りませんが——わたしたちがよく、「手にとるようにわかる」

とか「目に見えるようだ」とかいうのも、ことばの力を映像をつくり出す力とみなしていることを示しています。

他の人に「目に見えるように」話すためには、まず自分の目にそれが見えていなければなりません。自分の中で、どういうイメージを描くか、これがお話をおぼえることの中心です。そして、語り手とことばが深くかかわればかかわるほど、イメージが明確に、あるいは豊かになり、そのイメージに従って話を語れば語るほど、ことばに力と味が加わっていくことになります。この相互作用がある完成度に達したとき、その話は、語り手独自のものになります。前に、『お話とは』*の中で、お話は、話そのものと語り手とが〝化合〟したものだということを申しましたが、それはこのことをさしています。お話と語り手の〝化合〟は、お話の練習期間中、わけても、この「お話を絵にし、それにことばをつけていく」段階でもっぱら行われるものです。お話を語ることは、聴衆を前にしたときにはじまるのでなくて、こうしてお話をおぼえているときにはじまっているのです。あなたのお話が、生き生きした、奥行きのあるものになるか、それともうすっぺらな、とおりいっぺんのものになるかは、このときあなたがつくりあげるイメージによって決まります。ですから、お話をおぼえる作業のうち、この部分は、とくにていねいに、たのしんでやっていただきたいと思います。

全体をとおして語る

お話を絵にし、その絵をことばで表現できるようになったら、お話はもうほとんどできあがっています。そうなったら、あとは、仕上げにはいります。これまでは、おそらくお話を場面場面に分けておぼえるということをしてきたでしょうが——とくに、長いお話の場合——、仕上げの段階では、全体をとおして、一息に語るという練習をします。このとき、大事なことは、お話全体の流れを出すことです。力をいれるところはどこか、抜くところはどこか、テムポのゆったりしたところはどこか、速いところはどこか、さきに考えたお話の構成を思い出しながら、上手に力を配分してください。この力の配分がうまくいかないと、語りながら、途中までくるとくたびれてしまったり、どうしても気分がのらないところが出てきたりということになります。

また、場面場面は、それぞれよく絵になって見えているのに、場面と場面の転換のところなどで、つっかえてしまうことがあります。そういうところは、別にそこだけをとり出して、よく頭にいれるようにしておきます。いつもいつもひっかかったり、忘れたりする箇所というのは、話が飛躍したり、論理的にすすんでいなかったり、考えてみればたいてい何か原因があるものです。（ひどくおぼえにくい話というのは、その意味で、語るに不向きという場合が多いのです。）そのような箇所は、つなぎのことばを補うことによって、自分の中でお話がスムーズに流れるようなら、そうなさってもいいですし、順序を逆にしたほうが、話が頭にはいりやすいというなら、そうなさってもかまいません。おぼえることになれてくれば、こういうことは、テキストを決める段階で気がつくようになるものですが、はじめのうちは、おぼえてしまったあとで、あるいは、実際子どもに話してみて、どうもまずいということがわかってきたりするものです。

そうでなくても、何度も何度も話しているうちに、あることばが不必要になってきたり、どうしてもここにもうひとこと説明がほしいというところが出てきたりすることもありますから、それらもふくめて、自分のレパートリーにいれたお話は、たえず̇み̇が̇き̇をかけていかれるとよいでしょう。

このようにして、ひっかかりやすいおとし穴も克服すると、お話は、いよいよできあがりです。お話は、いったん語りはじめたら、語り終わるまで、持続してその気分にひたるといいますか、そのお話の世界を保っていなければならないものですから、お話には、イメージを描く力だけでなく、そのようにして描かれた想像上の世界を支える力もいるのです。仕上げの練習では、そのことも頭にいれておいてください。一息で語るというのは、その訓練でもあるのです。

三、お話のおぼえ方（二）

昔話の場合

前章で述べたように、「絵にしておぼえる」というのが、お話をおぼえるこつですが、ここでひとつ注意しておきたいのは、お話を絵にする場合、話によって、描くべきイメージに質的な違いがあるということです。とくに、昔話には、創作とは違ったイメージの描き方が要求されます。

わたしがそのことに気づくようになったのは、もうずいぶん前のことですが、その意味がわかるようになったのは、マックス・リュティの『ヨーロッパの昔話*』にめぐりあうなどして、昔話の特質について学ぶようになってからです。それまで、わたしは、図書館学校での授業や、図書館の先輩や、お話に関する書物から教わったとおり、お話を絵にしておぼえることを忠実に心がけていました。

たとえば、アメリカの有名なお話の語り手であるフランシス・クラーク・セイヤーズ女史は、これからお話しようという若い人に向かってこう助言しています。

あなたが、いったんお話を選んだら、語るに値する、あなた自身たのしんで話せる話を選んだら、よく語る秘訣は、ごく簡単です。それは、見るわざ(アート)にあります。あなたが話すものを見なさい。場所や動作の絵や図が描けるくらいはっきり見なさい。あなたの心の中に、舞台を設定しなさい。そして、そうです。あなたの話す三びきの子ブタの色や、品種をはっきり知らなくては。あなたのブタは、服を着ていますか？　わたしは、違います。わたしのは、多分に、レスリー・ブルックの絵からとられています。これは、合法的な盗みです。あなたのお話の中の人物についての、すべてを知りなさい。あなたが、読書や、旅行や、絵を見るという経験から得たすべてのものを、あなたの話を見ることにつぎこみなさい。話しながら見ていなさい。話が動くのを見ていなさい。あなたの象の子は、どのようにしてジャングルから出てきますか？　かれは左から右へ、北から南へ移動しますか？　かれは、まっ正面からやってきますか？　それとも、あなたは木のてっぺんにいて、かれを見おろしていますか？　もしも、あなたが、語りながらそれを目で追っていれば、語り手のもっとも大事なテクニックであるペース（はやさ）とタイミング（間のとり方）は、ひとりでについてきます。こういうことは、子どもと分かちあうものではありません。子どもの聞くのは、お話だけです。しかし、意識の下では、あなたが見ているものは、それによってあなたが語っている話に対する確信を、いやが上にも高めます。そして、聞き手は、あなたから、〝見る〟という能力のたまものを、うけとることになるのです。*

これは、お話を語るということについて、ことばを絵（イメージ）にするということについて、その精髄を言い表わした文章だと思います。お話をする人は、初心者、ベテランにかかわらず、セイヤーズ女史のいう「見るわざ」を語りの中心にすえなければならない。

それは疑う余地のないことだと思います。

しかし、いくつもお話をしていくうちに、わたしは、ある種の話——ことに昔話ですが——では、どうしても絵にならない箇所があったり、イメージをあまり精密にしようとすると、つじつまがあわなくなったり、話がさきへすすまなくなったりすることに、漠然とながら気づくようになりました。たとえば、グリム昔話「おどっておどってぼろぼろになったくつ」（『おはなしのろうそく13』東京子ども図書館 所収）の中に、いちばん上のおひめさまが、トントンと寝台をたたくと、それが地面に沈んで、おひめさまたちがその穴を通って下へおりていく、という場面があります。ところで、いくら話を絵にすることが肝要だといわれても、たとえば、それをもとにして実際床の一部を沈めて地下へおりていく装置を設計できるような図を描いてみろといわれたら、はたと困ってしまいます。具体的に細部まで絵にしようとすると、ここは、どうもはっきりしないことだらけです。寝台はいったいどんな寝台なのでしょう？ 「トントン」とたたいたのは、寝台のどの部分でしょう？（ふとんではトントンという音がするかしら？）寝台が地面に沈むというけれど、床と地面との関係はどうなっているのでしょう？　（まさか、寝台が地面にあったわけではないでしょうに。）沈んだ寝台はどこへいくのでしょう？　穴の中には、はじめから階段はあるのでしょうか？　（それなら、沈んだ寝台はじゃまにならないのかしら？）それとも、寝台はどこかへ消えて、そのあとに段々があらわれるのでしょうか？　段々は、らせん状になっているのでしょうか？　まわりの壁はどうなっているのでしょう？　兵隊に着物のすそをふまれて悲鳴をあげたいちばん末のおひめさまは、おねえさんから「くぎにひっかけたのでしょう」といわれますが、となると、くぎが立っているような階段、あるいは壁なのでしょうか？

　こういうことをいちいち考えて、細部に至るまで、はっきりした絵を描こうとすると、気持は話のさきへすすみません。これでは、おどりにいくおひめさまたちに、おいていかれそうです。また、実際、自分でも気持よく、流れるように話しているときは、心の中には、このような細部は浮かんできません。寝台とか、穴とか、段々とかが、パッパッとそのときそのとき浮かぶだけです。これは、どういうことでしょう？　これでは、はっきりしたイメージなしに話していることにならないでしょうか？

　別の例をあげてみますと、イギリスの昔話「チイチイネズミとチュウチュウネズミ」（『イギリスとアイルランドの昔話』福音館書店 所収）という話の場合。この話をするときも、よくよく考えてみれば、わたしは、具体的に二ひきのネズミを思い浮かべていません。少なくとも、写実ふうの絵を見るように、かれらの目、耳、ひげ、鼻先、毛、しっぽなどを細かく見てはいません。それよりも、わたしにとって大事なのは、「チイさん」と「チュウさん」という音です。具体的な、リアルなネズミのイメージよりも、チイとチュウという音のイメージのほうが、わたしを引っぱってくれる感じなのです。もし、わたしが、「チイさんが死んで、チュウさんが泣いて」をくりかえすたびに、なべの中におちて死んでいるネズミと、泣いているネズミのイメージを思い浮かべなければならないとしたら、話は、動いていかなくなってしまうでしょう。また、主人公の気持に同化するといったところで、チイさんが死んだことに、チュウさんとともに涙を流すほどの悲しみを感じることはできません。この話では、気持はむしろ明るく、「チイさんが死んで、チュウさんが泣いたら、こしかけさんが跳ねて、ほうきさんが掃いて……」というふうに、はじかれたおはじきが、また次のおはじきをはねとばしてゆくように、トントンとことばがつみ重ねられていくおもしろさがあるだけです。ここでは、話し手を先導するのは、視覚的なイメージではなくて、むしろ聴覚的イメージ（そういういい方がゆるされるとすれば）なのです。

このような例にいくつもぶつかるうちに、わたしは、お話を「絵にする」ということは、必ずしも額面どおり、文字どおり、何もかもを具象的な、細密な絵にすることではないことを理解するようになりました。作者の中にある独自のイメージから出発し、それが具体的な描写で表わされる創作のお話では、語り手もそのような具体的、個別的なイメージを描くことを要求されますが、昔話のように、もとの表現それ自体が極度に抽象化、象徴化されている場合には、それに従って、語り手が描くイメージも抽象的にならざるを得ないのです。昔話の表現が抽象的、象徴的であるというのはどういうことかについては、マックス・リュティの『ヨーロッパの昔話』*をお読みいただくとよいのですが、昔話の登場人物に例をとって、ごくかいつまんで説明すると、こういうことです。昔話には、いろんな人物が登場しますが、それらは、たとえば、おじいさん、おばあさん、若者、娘といったふうに年齢によって分けられているか、王さま、殿さま、まずしい木こり、百姓というように、身分や職業によって呼ばれるか程度の大まかな別があるだけで、どんなおじいさん、どんな百姓かということは問題にしていません。人物に名前がないのが、そのよい証拠でしょう。おばあさんはおばあさんで、「千代さん」だったり「よしのさん」だったりはしません。それは、人物に独自の性格、個性といったものがないからです。「りこうな娘」「勇敢な兵隊」「まぬけな息子」というふうにその人物の性質を述べることがあるのは、筋の発展にかかわりがある場合だけで、筋に関係がないところは、その人物の外見にも内面にも全然関心を示さないのが昔話の特徴です。

　リュティのことばを借りれば、「(昔話に) あらわれる登場者は、実体性のない、内面的世界をもたない、また周囲の世間というものをもたない図形」なのです。そして、実は、この図形という点に、わたしたちが昔話を心の中でイメージにする際の鍵があるように思います。昔話が、その本質からいって、人物の個性や、外見の細部に注意を向けていない以上、語り手の描くイメージも、また個性と細部抜きでよいのです。

それでは、「三びきの子ブタ」のブタも、ブタの図形でよいのでしょうか？　そのとおりなのです。わたしが、さきに、「あなたのブタの色や大きさは？」と、たずねたのはイメージを描くということを具体的にわかっていただきたかった、いいかえれば、ブタの実在感をもっていただきたかったためで、このブタでなければいけない、あのブタではいけないということではありません。どんなブタ像を描こうと、それは語り手の自由なのです。ということは、どんなブタでもかまわない、つまり、語り手の描くブタの個別の性質は問題にならないということなのです。もし、わたしたちが、実際問題として、まったく色や形を抜きに、ブタのイメージを思い浮かべることができれば、そうしてもいいところなのです。しかし、形抜きにブタそのものを映像化することはできないことですから、語り手としては、あるブタを思い浮かべることになります。しかし、そのブタは、語り手に、ブタの実体感を起こさせれば用が足りるので、語り手は何も、ヒヅメのかたさ、しっぽの巻き具合に至るまでイメージにする必要はありません。また、さし絵を描くのとは違うのですから、背景――このブタたちが、どんな家にすんでいたか、まわりの様子はどうか等――は、問題にしなくてもいいでしょう。

むしろ、あまり具体的なイメージを描くと、お話にとって肝心な「動く」ということ、「さきへすすむ」ということがはばまれるばかりでなく、昔話が本来もっていない要素が生じて話がゆがめられることもあり得ます。

たとえば、さきほどから例にとっている「三びきの子ブタ」に、オオカミが子ブタを食べるところがありますが、お話では、そこを「……オオカミは、フッとふいて、プッとふき、その家をふきたおして、子ブタを食べてしまいました」と、表現しています。このときオオカミがどのようにして子ブタを食べたか――前足で子ブタをかかえこんだとか、いきなりうしろからくいついたとか、あるいは、はらわたをひきずり出したとか、子ブタがもがいたとか、さけび声をあげたとか――をいちいち具体的に思い浮かべたらどうでしょう。トントンと調子よくすすむ話のリズムはせきとめられ、もともと話になかった残酷な要素が生まれます。話をするときは、ことばに表わされていない部分までイメージをふくらますことが大事だとはいうものの、この場合、食べる過程をイメージとして「ふくらます」ことは、昔話の表現の特質に反した映像化になります。昔話の表現にすなおに従えば、子ブタは、まるでペープサートの人物が舞台から引っこめられるように、一瞬のうちに「食べられ」て、話から姿を消すのです。従って、語り手も、ここでは子ブタがパッといなくなった感じだけをとらえればよいのです。

登場人物の個性や、事件や情景の細部にわたる具体的な描写などに一切関心をもたないとなると、昔話がいちばん重要視しているのはなんでしょう？　マックス・リュティによれば、昔話の最大の関心は筋を追うことにあります。「どうやって？」「どういうふうに？」ではなく、「それから？」「その次どうなるの？」が、聞き手の興味の中心であることを考えても、それはわかるでしょう。とすれば、わたしたち語り手も、その点をよくわきまえて、筋の発展のポイント、ポイントを、昔話が**表現しているところに従って**映像化していけばよいのです。

創作の場合

しかし、創作のお話になると事情は違います。創作では、作者が、作者のイメージが読者（聞き手）に伝わるように事件や情景を描写しています。もちろん作品によって、その描写の方法や細かさはいろいろですが、昔話が全体として象徴的、総括的、様式的表現をめざしているのに対し、創作のお話は、ことばによってできるだけ具体的なイメージを描こうとしているわけですから、語り手としては、まず作者のことばに沿って、正確に作者のイメージに近づき、それを忠実に表現することを心がけなければなりません。この場合は、人物像や情景など、それこそ可能な限り「ふくらませた」イメージを描く必要があります。セイヤーズさんのいう「あなたが、読書や、旅行や、絵を見るという経験から得たすべてのものを、あなたの話を見ることにつぎこみなさい」ということばは、ここでは、昔話の場合よりいっそうよくあてはまる助言となります。

昔話は、木にたとえれば幹だけといった話ですから、そのくっきりと太い線を語り手がしっかりとらえてさえいれば、細部のイメージは、むしろ聞き手が、それぞれ自由に思い描き、聞き手のイメージの中でこそ、話はふくらんで完成することになります。それに対し、創作の話は、最初から、葉も、花も、実も、枝ぶりも、それぞれの個性をもって存在しているので、語り手も、それなりに完成したイメージを自分の中でつくりあげ、それを聞き手の前にさし出すということになるのです。

こうしたことは、いくつものお話を語ってみて、初めてわかってくることだと思います。初心者の方は、まずできるだけ話を忠実に絵にすることを心がけてください。そして、その作業の中で、語るときにいちばん大事なイメージも、話の性質によってその描き方に違いが出てくることを、ご自分で体得なさっていかれるとよいと思います。

録音機の使用

これで、お話のおぼえ方については、ひととおり申しあげたことになりますが、ここで、ときどきご質問を受ける録音機の使用について、ふれておきたいと思います。これまで述べてきたところをご理解くださった方には、おのずからおわかりと思いますが、テキストがきまった段階で、まずお話を朗読して録音し、それをくりかえし聞いておぼえるといった録音機の使用は、けっしていいおぼえ方とはいえません。イメージがまだはっきりしないうちに読んだものは、当然テムポや間のとり方などがいいかげんになります。力のいれ具合や、全体の緩急の流れなどもわからず、いわば棒読みに近いものになるでしょう。それを、くりかえしくりかえし聞いていると、おぼえられはするかもしれませんが、丸暗記に近い、固定した調子でおぼえてしまい、よい語りができなくなるおそれがあります。自分でイメージを描くよりさきに、声が聞こえてきてしまって、練習のときに大事な、イメージをふくらませる作業ができなくなるし、いざ語るときにも、心の中で動くイメージとは無関係に、録音された声の調子が出てきてしまったりするからです。また、耳から聞くことばは、記憶に残りやすいので、のちにこれはまずいとわかって、テキストをなおした場合でも、さきのことばが耳についてじゃまになることもあります。

ですから、もし、録音機をお使いになるのなら、ひととおりお話をおぼえてしまってからになさるといいでしょう。自分の話が、いったいどういうふうに聞こえるものか、ためしてみるために。録音した声は、たとえば、自分ではなかなかわからない発音や抑揚上のくせなどを教えてくれる点では、有益です。発音に不明瞭なところがある人、語尾が消えるくせ、反対に、語尾に力がはいりすぎるくせのある人などは、これによって、自分のわるいところを発見し、あらためるように心がけるといいでしょう。

わたし自身は、おぼえるときも、おぼえたあとも、録音機は、ほとんど使いませんが、例外的に使っていいと思ったのは、子どもたちにも何回か話して、もう自分としてはできあがった話を、録音しておいて、しばらく間をおいて、その話を「もどす」ときに利用した場合です。十分前後の短いお話ならそうでもありませんが、三十分もかかる長いお話の場合は、この方法は、たいへん役に立ちます。そういう話は、そうしょっちゅうすることもありませんから、一度して、この次するまでに半年とか一年とか、あるいはそれ以上間があきます。それでも、耳で聞くと、イメージが早く、生き生きともどってくるので助かります。

もっと工夫すれば、ほかにも録音機を有効に使う方法があるのかもしれませんが、わたしとしては、今のところ、これ以上、積極的に録音機を利用する必要は感じません。

鏡の使用

録音と関連して、お話を練習するときに、鏡の前で表情などを研究しつつやってみるのは効果的かどうかとのおたずねを受けたこともあります。実際、ある保育者養成機関で、そういう指導を受けたという方の話も聞きました。

これについて思い出すのは、ある落語家の方が、自分の修業時代について語っておられたことです。ご承知のように、落語の中には、ことばというよりは、身ぶり、表情のおもしろさで人を笑わせる、いわゆる仕方噺というものがあるわけですが、その人のお話では仕方噺でも、練習に鏡を使うことはしないそうです。その理由を、その人は、落語家らしく「てめえのまずいつらを見てっと、やになっちまうから」だといわれましたが、わたしには、このことは思い当たることがあってよくわかりました。つまり、話者（あるいは演者）が演じようとしているのは、まぬけな若い衆だったり、かんしゃくもちのおかみさんだったり、食いしん坊の和尚さんだったりするわけです。そして、演じるとき、話者の頭の中には、当然それらの人のイメージがあって、話者は心の目でその人を見ながら顔や手を動かしていくことになります。そのとき、視界の中に、演じている自分がはいってきたらどうでしょう。現実に見える自分にさまたげられて、心の目で見ている話中人物の姿が見えなくなるのではないでしょうか。「てめえのまずいつらを見てっと、やになっちまうから」というのは、そういうことだろうとわたしは思ったのです。話にとって肝心なのは、話者を導くイメージだというのは、落語の場合でも、もちろん、同じです。だから、そのイメージを生き生き見つづけるじゃまになる鏡の使用はしないということなのだなと思ったのです。

仕方噺でさえそうなのですから、わたしたちのするお話の練習に鏡を使う必要はまあないのではないかというのがわたしの考えです。自分の話をビデオに撮って、あとで見てみるということができれば、それはそれで勉強になることがあるかもしれません。録音した場合のように、自分では気がつかないくせがわかることもあるでしょうから。しかし、それは、勉強の仲間がいれば注意してもらえることですし、また実際問題として、鏡を見る、ビデオに撮るといったことを意識しているときには、無意識にやるくせは出てこないし、また逆に、我を忘れて語っているときのあなた自身の表情の豊かさや美しさも出てこないと思います。自分がどう見えるかを気にするよりも、**自分にお話がどう見えるか**を気にするほうが大事なのではないでしょうか。

おわりに

以上、お話をおぼえることについて、わたし自身の、また、ともにお話を勉強してきた仲間の者たちの経験をとおして学んだことを、できるだけ率直に述べてみました。いうまでもないことですが、これを読んだからといって、お話がおぼえられるものではありません。お話に関することはすべてそうですが、まずやってみることが何より大事です。とにかく、ひとつのお話をおぼえてみてください。そうすれば、その過程で、お話についても、ご自分についても、きっと興味のある発見をなさることでしょう。そのような発見を重ねるうちに、自分に合ったおぼえ方も身につき、おぼえることが少しずつ苦労からたのしみへ変わっていきます。そして、何より、お話を喜ぶ子どもを目の前にしたら、それまでの努力が報われて余りある思いをなさるにちがいありません。

定村質士（さだむら・もとじ）

一九四三年京城生まれ。編集者。元当館評議員。出版学校日本エディタースクール在任時に『本はこうしてつくられる』『えほんのせかい　こどものせかい』『お話――おとなから子どもへ　子どもからおとなへ』などを担当。

インタビュー「お話」という世界

松岡享子
聞き手・定村質士

以下のインタビューは、一九九四年に、日本エディタースクール出版部から刊行された『お話――おとなから子どもへ　子どもからおとなへ』（絶版）に収録されていたものです。この本は、東京子ども図書館の設立二〇周年を記念して刊行されたもので、館のお話の講習会第1期から第10期までの修了生と、夏期お話の講習会の参加者を対象に行ったアンケートをもとに編集されました。

アンケートの主な内容は、次のようなものでした。

・一九九三年六月一日から八月三十一日までに語ったお話の記録
・お話を語ってきたなかで印象に残った出来事
・あなたにとって忘れられないお話
・あなたの十八番は？
・つまるところお話とは……

これに対して、総勢二三六人から回答が寄せられました。インタビューは、この回答の結果をもとにすすめられました。

お話はこんなふうに語られます

――私は、松岡さんの著書『えほんのせかい こどものせかい』[*]を編集者として担当しました頃に、東京子ども図書館で催された「お話の会」で、初めて「お話」を聞きました。それ以来、「お話」の持つ魅力を忘れられないでおります。今回、「お話」の活動の歩みをまとめるという企画をお聞きして、どこにその魅力の源泉があるのかを確かめてみようと、編集のお手伝いをいたしております。

「お話」の語り手が最小のことばで記した「お話」への思い、実践の手記、そして巻末のこの数ヵ月間のみなさんの実践記録。どんな「お話」が、どのような方によって、どんな場所で、だれを聞き手に、どのような思いで語られているのか、あらためて東京子ども図書館の「お話の世界」の広がりに驚いています。

実際にお話を語ったことのある人にとっては、ここにまとめられた文章と記録は、それぞれの方の経験と響き合って、無数のヒントを読み取れるデータ集のようなものだろうと思います。しかし、私のようにお話を語ったことのないものには、すこし説明が欲しくなるような事柄もあります。
こんなに大勢の方をとらえて離さない「お話の魅力」は何なのか、「そもそもお話とは」というイロハも含めて、アンケートを手掛かりに東京子ども図書館理事長（当時）の松岡享子さんにお聞きしたいと思います。

◆◆お話とは

――東京子ども図書館では、「お話」とは、だれがだれに対して何を（どういうものを）話すことだと考えておられますか。

松岡　だれかがだれかに物語を語るという行為は非常に幅広いもので、どこで語るとか、何の目的で語るとか、だれが語るとかにこだわることなしに、どこででも、だれにでも、いつの時代でも行なわれてきたことだと思います。語り手になるために特別の訓練を受けたり、特殊な家系に生まれたりして、それを自分の職業だとか使命だと思ってやっている人たちもいれば、そうじゃなくて、ただおもしろいお話を聞いたから人に伝えるという普通の庶民の人たちもいて、それら全部をひっくるめてお話といっていいと思います。

けれども、東京子ども図書館で私たちがお話といっているのは、主に子どもの読書にかかわる場で、おとなが子どもにお話をすることを大まかな前提として考えています。だれでも、どこでも、どんな時代でもやっていたお話というものが、今、子どもたちの生活のなかになくなりつつある。だから、逆にそれを意図的に持ち込んで、しかもそれを読書への橋渡しにしようとするものです。

東京子ども図書館でいうお話は、やっぱり、だれがといえば、図書館や文庫、学校や保育園などで、子どものために働いているおとなが、だれにといえば、子どもに、ですね。何をといえば、物語を語るということといってよいでしょう。この場合、物語は、主として文学的な作品をさします。そして、実際は、そのほとんどが昔話です。そうした物語を、語り手が、本を読むのでなく、お話をいったん自分のものにして、その人の声とことばで語るのがお話なのです。

――「読むのではなくてその人のことばで語る」とおっしゃいましたが、たとえば、テキストからはあまり逸脱しないようにするといったようなルールといえるようなものがありますか。

松岡　それはルールというんじゃないですね。もしも、私たちが子どものときに周りのおとなからお話を聞くチャンスがたくさんあって、それを記憶のなかにしっかりとたくわえていて、自分がおとなになって子どもを持ったときに、何の努力もなしに自然に記憶のなかから物語が出てきて語れるような状態であれば、それはもうそれでよかったんですよね。テキストを一所懸命おぼえて、それに依存する必要はもちろんなかったわけです。

ただ現実には、お話を語る伝統はいっぺん断絶してしまっていて、子どもに何かお話をしてやろうと思っても、もう自分の頭のなかのどこからもお話が出てこないっていう人ばかりになってしまったわけでしょう。そうじゃない人も何人かはいますけれど。そうすると、話したいと思う人たちは、どこかでお話を仕入れてこなくちゃならない。その仕入れ先が本なわけです。お話はその仕入れたものをさし出すということになりますから、その人がどういうふうに自分のなかに仕入れたかということによって、お話が決まってきます。お話になれたベテランの人は、ちょっと粗筋をつかめば、それなりにお話のスタイルで語れるということはありますが、そこまでいかない人がうろおぼえで語ろうとすると、途中で立ち往生しかねません。ですから、自分の語りのスタイルをきちんと作るまでは、テキストに深く頼ってことばをしっかり自分のなかに入れるしかないのです。テキストから逸脱してはいけないというルールがあるわけではなくて、よいテキストに頼るしかないということだと思うんですね。

◆お話の場

——お話の場というのは、文庫、保育園、学校とさまざまでしょうが、たとえば学校で各教室に生徒がいて、語り手が放送室から「じゃ、今からお話の時間です」というふうに校内放送なんかで、お話が成立するものでしょうか。

松岡　放送でするお話も、ラジオでする朗読も、物語を語るという点では同じだし、聞いた人に与える影響にも共通したものがあると思うんですね。普段肉声で子どもにお話している人が、あるときにそれを録音して、その録音をまた別の所で聞いてもそれはわるいことではないし、ラジオでお話なさったり、電話でお話を聞けるというサービスをしてらっしゃる人もいる。だけどそのことの良さと、一緒に時間を共有してお話することの良さとは違った種類の良さなんだし、今の子どもたちの生活のなかでいちばん欠けているのは、肉声の物語を聞くチャンスなんだと思うのです。機械的に再生された音による物語を聞くチャンスはたくさんあると思うんですよ。だから、私たちが考えるお話のなかでは、人と人とが顔を見合わせてお話を互いにやりとりするということ、それから機械を通した声じゃなくて肉声でつながっているということを大変重要なものと考えています。

校内放送では放送室で語っている先生は、子どもたちが笑ったり聞いていなかったり、深く感じて聞いていたりという教室の様子を見ることができないけれど、私たちのお話では、目の前にいる子どもたちの様子が、語っている本人にその場で同じ時間に返っていくという関係がありますでしょう。それはとても大事だと思うんですよね。

――お話の人数についてはどのようにお考えですか。百人じゃ多すぎる、何人ぐらいまでならというようなことがありますか。

松岡　人数も、ごくごく常識的に言って、あんまり多くないほうが気持よくできるぐらいは言えますけれど、それもルールではありませんね。その人がどれだけよく聞こえる声を出せるかによりますけれど、ある人は肉声で二百人くらいの子どもにちゃんと聞かせられると思いますし、ある人は十人、十五人くらいじゃないとそれ以上はもう声が出ない人もいるでしょう。また、ちゃんと聞いてくれる子どもたちもいるし、そうじゃない子どもたちもいるわけですから、子どもたちにもよるでしょう。だから、百人だとか二百人だとかというふうに人数では決められません。無理なく一緒に時間を共有できる条件というのは、その語り手と聞き手の関係で、それぞれの場によって違ってくるものですね。でもまあ、たとえば千人というようになると話は別だという気がします。

――今までお話をされてきたご経験では、目と目が合って一人ひとりが向かい合っているなという気分で、話すほうも話せるし、聞くほうも聞けるっていう関係は……二十人くらいだと可能ですか。

松岡　私の場合は五十人くらいまでだったら、あんまり緊張しないでというか、くつろいで語れるっていう感じがしますね。子どもたちだけの場合でいちばん多かったのは七十四人かな、大阪の中央図書館のお話の時間にきた子どもたちでした。全員がとてもよく聞いてくれましたから、十五人くらいの小人数がこっち向いてるのと違ってすごく迫力がありましたよ。でも、それは子どもたちがとってもよく集中して聞いてくれたからそうなったんであって、そうじゃないときにあれだけの人数がいてうまくお話できたかどうかは、ちょっとわかりません。

◆◆融通無碍な現場

――子どもたちにも、何か肌寄せ合っていい気分という、ほどほどの人数というのはあるんでしょうね。

松岡　たしかにあるでしょうね。物理的な広さだってあると思うんですね。そこに入ってアットホームな感じがする広さというのは、あんまり広くないほうがいい。特に小さい子にとっては狭いほうがいい。密な関係ということで言えば、やっぱり二十人くらいでしょうか。

——素人目には、いつも文庫にきている子どもが同じ時間に集まるという集団の場合と、何かの催し物でお話の会にいろんな所から人が集まってきてて、見たこともない子どもたちが集まるという場合では、雰囲気のでき方が違うんではないだろうかと思いますが、そういう、あらまほしい集団の作られ方というのはありますか。

松岡　ほかのことだったら、いろんな所から集まってきた集団が一つのグループとしてのまとまりというか、一体感を達成するのがむずかしい場合でも、お話では、一緒にお話を聞くことによってそれが瞬時にできてしまうということもありますしね。

お話というのは、あらまほしいというか、こういう条件なら語れる、それ以外はだめということはないと思います。たとえば、汽車で長い旅行するときに、四人掛けの席に乗り合わせて、前に子どもがいたからお話するというのもかまわないし、待合室でぐずぐずしてるからちょっとちょっかい出して「お話聞く？」ってきいてもいいし。もっと自在で、楽なものと考えていい。

　私は自分の母校の中学校の創立記念日に、二百人くらいの中学生に体育館で話したことがありますけれど、それだって別にそんな条件ではしちゃいけないっていうことはないと思うんですよ。

――お話の時間は何分くらいになさってますか。

松岡　私は最初にお話を学んだ学校で、普通の人が非常にいい状態で集中できるのは三十分くらいだから、それ以上長いお話はしないほうがいいと教わって、別に疑いも抱かずそう思ってだいたい三十分でお話してきました。でも、もっともっと聞きたそうでこれでは短かすぎるという経験をあまりしたことがないし、三十分している間に全然聞かなくなったからこれは長すぎるという経験もしたことがないところをみると、半時間というのは手ごろないい時間じゃないかと思うんですね。

ただ、子どもによってはもう少し長いお話でも聞く子はいるし、三十分の話が終わっても、もっともっととせがむときもありますから、そのときその場で動いているものに則って動くというのが、いちばんいいんじゃないかしらね。

――お話の種類でもいろいろあると思いますけど、たとえばことばのリズムのおもしろさでトントンと楽しめるというのは、一つ聞いて、「ああ、おもしろかった。もう一つ」っていうことになりそうな気もしますが、中身っていうのかな、物語の何かに触れて、深く何かを感じているときに、ほかの話をするとこれが消えてしまうという不安――本を読んでても、そこにずっと立ち止まっていたいと思うときってありますでしょう。そのときにほかの話をするっていうのは、何か気の毒なような気もしますけど、そんなことありませんか。

松岡　たとえば重い話と軽い話の二つの話をするときに、重い話をしてしんみりしているようなときにはちょっと間をおくとか、何か短い詩を読むとかしますが、そうすると、ちょっと違ったタイプの話をしても、前にした話がもっていたものが全部こわれるという感じはしませんね。

——お話をされていて、深く相手に沁みてて、もう今日はこれでおしまいにしたいというような……。

松岡　ええ、もちろん。ほんとは二つお話を予定していたんだけど、何かシーンとしちゃったからおしまいにするということもあるんですよ。

——そういうときというのは、何か幸せそうな感じですね。

松岡　ええ、そうですね。（笑）ただ、やってるほうにも、聞いてるほうにも、もうこれで十分ということが全員に共通の感じとして抱けるということは、なかなかむずかしくなってきています。ある子にとってはもうこれで満足だけど、あと二人ぐらいの子はもっと聞きたがってるというふうで、コンセンサスっていうか、全員がまとまってひとつの気分になるということは、今どきはなかなかむずかしいような感じですね。

子どもとおとなで共有する不思議

◆◆ともかくたのしいお話

――私はこのアンケートの「結局、つまるところお話とは……」という項目に注目してみました。自分にとっていちばん大事なことを一行で書こうとするから、たくまずして箴言ふうにもなっていておもしろかったですね。いくつかの特徴的なものについて少しお聞きします。

お話というものは非常に楽しいものなんだということを、たくさんの方がいろんな言い方でおっしゃっている。「世の中は空気と食べ物とお話でできています」と、お話がなくなると栄養失調になったり、酸欠になったりするのと同じくらいに、人が生きていくうえで大切なものであり、喜びであると位置づける方もいます。「お話というのは異なる世界への旅だ」「お話というのは、現実から離れていろんな世界へ自分が旅することなんだ」とか「日常からの離脱だ」と言われる方も多いですね。お話は、日常から非日常へパッと自分を解き放つような時間、そして物語を楽しむことは大事な経験なんだということを言ってる気がいたしますが……。

松岡 たしかにそうだと思いますね。異次元というか、非日常という言い方でくくったほうがいいかと思いますけれど、非日常的な世界へ行くということの楽しさというので、大きくひとつくくれると思います。

太陽や星のところへ行くとか、動物が口をきくとか、何かお話のなかにそういう非日常的な世界が描かれていて、それを語ったり聞いたりしているうちに、そこへ行ったような気がするという体験がひとつありますね。

――日常であり得ない世界を描けば非日常というのではなくて、日常の世界と全く同じであったとしても組み立て方が変われば、それも非日常になるということがありますね。お話を聞いてるとか、本を読んでるとき、あるいは遊びのなかでもふっと自分が没入できた世界は、その子にとって何の違和感もない現実の世界ということなんですね。

ディテールを積み重ねるのがリアリティと思いがちですが、子どもにとってのディテール、リアリティというものはそうではないんですね。

松岡　子どもは日常と非日常の間を、上手に往き来しますね。ごっこ遊びは全部そういうものの上に成り立っているわけです。イギリスの児童図書館員の大先達で、お話の名手でもいらっしゃるコルウェルさんからお聞きしたエピソードですが、あるとき、コルウェルさんが、幼い子どもたちの集りにお話にいったとき、ちっちゃなおさるの指人形をもっていったんだそうです。そして、子どもたちに、「今日は、このおさるさんがみなさんにお話してあげたいんだけど、おなかがすいていてお話できないの。だれかこのおさるさんに、何か食べるものあげてちょうだい」といったら、子どもたちはすぐ「あげる、あげる」って、いろんなものをさし出してくれたんだそうです。みんなごっこ遊びですよ。それで、ある子からもらった、うそっこの（目に見えない）バナナを、おさるさんが、ちゃんと皮をむいて、食べて、その皮を椅子の上に置いて、お話をして、そのあと、コルウェルさんが何気なくその椅子に腰を下ろそうとしたら、子どもたちから一斉に、「あっ、そこ、バナナの皮があるっ！」っていう叫び声が上がったというんです。
また、別の子は、部屋を海だということにして、真ん中に座蒲団をひとつ置いて、そこを無人島にして、難破船ごっこをしていた。そこへ何も知らないおばさんが襖を開けてはいってこようとしたら、「濡れる、濡れる」と、あわてて止めたとか。そういう話はいっぱいあります。

子どもは上手に現実と空想の世界を往き来する、その間の敷居が子どもにとっては高くないでしょう。だから、ある種のお話がそこにあれば、すぐにそこからスーッと別の世界に入るということはあると思います。子どもたちは放っておいても自分で空想すると思いますけれど、お話を聞くことによって、もっと容易に空想できるようになるし、空想する仕方も上手になるし、空想の質もよくなる。それはすごくお話が助けるものだと思います。

◆◆共にある喜び

――そしてその楽しさが前提になって、聞き手である子どもたちと語り手である自分との間に密接な関係が成立していると言っているように思えます。

松岡　お話という行為そのものの楽しさですね。集まってただ純粋に物語を楽しむということは、あんまり普通の人の生活のなかにはないことですから、そのこと自体何とも言えない楽しさがあると思います。しかもみんなで一緒にですからね。空想の世界にしても、自分だけがそれを信じてるわけじゃなくて、隣りにすわってる子もそれを信じているわけですね――一緒に笑ったり何かして。それは、空想の世界にものすごく存在感があるっていうことですよね。自分だけで見ている世界じゃなくて、みんなもそれを見ているっていうこと、それがお話が想像を支えていく力なんじゃないかと思います。

語り手のほうも空想世界を聞き手と一緒に楽しんではいるんですが、おとなだから自分が話している内容をそんなに文字通り起こったことと信じていない場合も、もちろんあるわけです。でも、聞き手である子どもたちが信じてくれることによって、おとなも信じられるようになるということがあるのです。

――このことは、アンケートのなかでも大勢の方がそういう考え方をしていらっしゃいますが、子どもがそうだということはもちろんあるわけですけど、話し手であるおとなも物語を求めてるんだなと、これを見てあらためて気付かされましたね。

松岡　なぜお話が広まっていくかというと、それに触れた人がそのことをおもしろいと思うからだと思いますが、おもしろいっていうことのなかに、ひとつはそれがすごくあると思いますね。

聞き手である子どもたちに助けられて自分が非日常の世界に遊ぶという体験をしたときに、そのことからくる何とも言えない解放感っていうのかしら。普段自分の日常生活のなかであんまり味わったことのない、ある独特の感じをもつことができる。その魅力ですね。

うちの講習の結果だけでもないと思いますが、お話をする人口が増えていく、広がっていくのは、それに触れた人たちがおもしろいと思ったということが、いちばん大きな力でしょう。いろんな人がいろんな面からおもしろいと思ったんだと思うんですね。お話そのものを聞いておもしろいと思った人もいるでしょうし、声に出して語るという行為にひかれた人もいるでしょうし、今回のアンケートを見るとわかるように、ほとんどの人は子どもによく聞いてもらったときの、何とも言えない満足感みたいなものが自分を支えるいちばんの力になって、やってきたと答えていますね。でも、そうやって分析できない魅力もあって、何だかわからないけれどおもしろいと思ったということもあると思うんです。私は、そのわからないこともとても大事だと思っていますが、それは、物語を語るという営みが歴史的に考えても人間の基本的な営みだったから、私たちが考えられないくらいのポテンシャルをそのなかにもってるからじゃないかと思います。

――お話を語ることによって生まれる子どもとの連帯感、一つの物語を共有したことで成立するある種の関係に対する感動、これはものすごくたくさんあります。これだけの人によって繰り返し繰り返し言われますと、説得力がありますね。

松岡　ええ、口をそろえてね。ほんとに。

――中学生にお話をして、そのことが契機になって初めて子どもたちとの関係が成立したことを原稿に書いてくださった方がいらっしゃいますが、非日常をはさむというのはものすごくインパクトのある、大きな経験なんですね。

松岡　秘密を分かち合った仲間というようになるんでしょうね、ことばで言えばね。学校みたいに聞き手と語り手がいつも一緒にいる所なら、それによってまた次にいろんな関係ができるということかもしれないけど、お話の場合はそのときだけ集まって聞いて、また別れてしまうという人たちが多いでしょう。だけど、何かそういう一種、「人と気持を通い合わせることが可能だ」という経験はその人のなかにとどまると思います。

おとなの聞き手の場合にはむこうが何と思ってるか、全然わからないことがあるんですよ。顔に表情もあんまり出さないでしょう。こっちは語りはしたけど、むこうはそれを真正面からきちんと受け止めてくれたのかどうか、それがわからないままに終わることあるんです。でも、そのあとずいぶん経ってから、あのときのお話がいかに自分にとって大切な経験だったかという長々とした手紙をいただいたりすることがあって、ああ、そういうところで受け止めてくださっていたのか、というようなことがしばしばあります。おとなの場合は、そのときその場ではっきりした手ごたえがなくても、そういうことが往々にしてありますね。

——子どもたちの場合は、表情が変わっていきますか、お話していて。

松岡　ええ。アンケートのなかでも何人かの方が「自分を通して、自分のむこうを見てるみたい」って書いてたけど、そういう顔つきというのはほんとうにありますね。ちょっと一種目の焦点が合ってないというか、目がすわるというか。

——そういうとき、語り手は何を思われますか。

松岡　お話を聞いてる子どもたちをビデオに撮っておいて、あとですごく細かく何秒かおきに止めて見ていったら、いろんなことがわかるかもしれないけれど、話しているときは、その話のことに気持を集中していますから、あんまりそれ以外のことはいろいろ考えないものですよ。

——もう一つの強い印象は、先ほど、松岡さんもおっしゃっておられた、その人のことばで語られるという、お話が生の声で語られることへの強い執着ですね。「温かな人間の生の声だけが伝えることができるものがお話なんだ」という言い方に、話す人の喜びを強く感じます。

「ことばを仲立ちに共に楽しむ。お話とはそういう世界だ」とか「ことばのほんとうの力と意味が現れる場だ」と、お話の場を成立させる、絶対的といってもいい要素のように私には受け取れました。「語られることばというのは語る人の個性だ」とも言っておられる方もいます。同じお話を同じ人が語っても語るたびに毎回違ってくるくらいに語り手の状態を映し出してしまうと記された方もいました。

松岡　普通の生活だと大きい声でものを言ったりすることって、ほとんどないんですよね。だから、声を出すことそのことからだけでも何か感じるんだと思いますよ。外国に転勤された方でしたが、治安がわるいから絶対にアパートから外に出ちゃいけないって言われたこともあって、ずっと家にいて、お話を一ヵ月ぐらいしなかったら、何かもうウツウツとしてきてしまって、声を出さないことがこんなに自分に対して抑圧になるとは思わなかったとしみじみおっしゃってました。

臨床心理学の小川捷之先生は、声は鼓膜を振動させるから体をさわってるのと同じで、スキンシップなんだということをおっしゃっていますが、そうかもしれないと思いますね。わりと素朴な、昔の人なら何気なくしていたことで、現代ではあんまりできなくなってきたこと、人間がもってる基本的な要求みたいなものを、お話を語ることで満たしているということかなと思います。

――物語を媒介にして、自分の語りを相手が受け止めてくれて、うまく収まっていくことの快感っていうのは大きいでしょうね。

松岡　そうそういつもいつも、言わず語らずのうちに何かがお互いの間を往き来していると感じるお話ができるとは限りませんけれど、実際に可能な場合もある。しかし、それは語らずにじっとすわっているだけでは絶対に起こらなかったことなんですね。肉声がそこで発せられることがもたらす何かだろうと思うんですけど。

◆◆ミラクルな力

――もう一つ、お話は人間を変える力をもっている、自分自身がそこで再生するというお話のもっているミラクルな力についておっしゃっている方がいますね。「豊かな人間にしてくれる栄養素」「お話をすることによって、いい人になりたくなる」。自分が純化されていくっていう、これはすごいなあと思います。子どもがいて、子どもが自分を見つめてるというときに、偽れないという気持はごく自然ですから、そのときに起こってくる感情というのは、やっぱり素直に認めたいと思います。ちょっと気恥かしいけども、そうなのかなあと思いますね。

松岡　あまり真正面から言ってしまうと、気恥かしいとか、大袈裟に聞こえるということはありますけれど、お話には、たしかにそういう不思議な作用があると思います。

――非日常に遊ぶということが、子どもが大きくなっていくプロセスで大事なことなんだということとともに、話をするおとな自身にとって、そのことがやっぱり生きていくうえで大事なんだということを言ってるような気がしたんですけれども。

松岡　ええ、そう思いますね。私は、お話というものは、ほんとに不思議な、大きな力をもっているものだと思います。人の内面に働きかけて、その人を内側から動かしていくエネルギーといったらいいか……。少し長くお話を続けてこられた方は、みなどこかでその力を感じていらして、何とかそれを自分のことばで表現しようとされたのだと思います。

――読書を介助するというよりも、もうそれ自体独立した一つのジャンルとも言えますね……。

松岡　ええ、そうですね。でも、それはやってみた結果わかってきたのであって、やる人のやり方とか、語る人の個性とか、その人が選ぶ話とか、その人が一緒に時間を過ごすことにめぐり合わせた子どもたちとの関係とか、いろいろ相働いてそういう体験が生まれてきたわけですね。だから、そういうものは求めて得られるものというよりは、あることをして、いろんなことが相働いて、うまい条件になったときにそういうことが起きるという類のことじゃないかと思います。

たしかに、お話というのはそれ自体独立した芸術でもありうるし、それ自体独立した何かでもありうる。私たちは非常に単純に、子どもたちを本の世界に導くのにとってもいい方法だからということで続けてきたわけですが、そうしたら、その結果として、それをした人たちがいろんな経験をして、次々とその人らしい新しい意味を見つけて、それがますますその人にとって大事なものになってきたということじゃないかと思います。

お話は、さっきも言ったように、非常に大きなポテンシャル（内在するエネルギー）をもったものですから、やっているうちに、いろんな方向に発展する可能性があると思います。人は、みなそれぞれに内的に違う要求をもっているわけですから、お話に触れてその人が感じるものも違う。でも、その人なりの内発的なものがあってお話にひきこまれていくので、そこから出てくるものが、いろんな形をとるのは当然のことと思います。子どもを相手にしなくて、もっと大きなおとなたちを相手に語りをやるというふうに発展していく人もいるでしょうし、劇場のストーリーテリングだってあるし、パフォーミング・アートとしてのストーリーテリングだってあるでしょうし、どういうふうにでも広がっていく可能性があると思います。それを「いけない」と言えるものではないでしょう。お話自体はほんとうに大きな広がりをもっているものだと思います。これから何年かの間に、日本にもずいぶんタイプの違うお話が出てくるんじゃないかと思いますね。

私たちは、子どもたちに楽しい経験を分かち合うというところを根っこにおいて、基本的には、子どもたちが本が好きになるようにということを主眼にしてお話をしていますから、「私たちは子どもたちにお話をする」とか「私たちは劇的にやらなくてもいいと思う」というスタイルでいられるのです。これからおはじめになる方も、ごく単純に、字を読めない子どもたちにお話してあげましょうということからはじめてくださるといいと思います。

◆◆おとなが救われる

――僕はこれを見てて、ああ、これは生涯教育の一環だって思いました。子どもが本を読むっていうより、おとなが救われるなあっていう感じがつくづくしますね。

松岡　ほんとにそうですよね。はじめっから、お話おばあさんになって子どもたちにお話することを老後の生きがいにするからと、宣言しておやりになる方も、このごろはいらっしゃるんですよ。ものすごくいいことだと思うんですね。子どもたちにとっても、実際おばあさんに接するチャンスは少ないわけだし、お年寄りは幼い子にふれるだけで、ものすごい活力がもらえるから、やっぱりそういうことができたらいいと思いますよね。

先ほども言いましたけれど、お話ってやっぱり生きものですから、やるたびに何か新しいことがあるでしょう。生活が単調になって、何も刺激がない人が多いなかで、そういうことができるお年寄りはすごくいいと思う。ほんとのこと言えば、講習会にも六十歳以上の人たちばっかりのクラスがあったっていいくらいですねえ。

――小学校で、お年寄りの知恵を学ぶとかいって、招いてるでしょう。それもいいんだけど、ごく自然にお話するっていうのはもっと積極的ですね。ほんとにそういうクラスを作ってもいいですね。

松岡　大阪の羽曳野のお話のグループに山本ますみさんというおばあちゃんがいらっしゃいますが、七十歳過ぎてお話をはじめたんですって。着々とレパートリー増やして、かなり長いものもおやりになるようで、「山本のおばあちゃんの○○」というようにリクエストがくるらしいですよ。だから、ご本人自身もお話に出会えたっていうことをすごく喜んでいらっしゃる。いいですよね。

――新しい試みという点で言えば、この先十年とかの目標のなかで、小学校の先生は必ずお話をするっていうのを、まず入れたらいいんじゃないかな。小学校の先生はピアノを弾けなきゃいけないというのありますでしょう。それと同じく、小学校の先生には必修単位だというふうに制度化する……。

お話によって子どもとある種の共感が生まれ、互いに開かれた場ができるのであれば、もうそれだけで所期の目的の何分の一か実現している。

松岡　それはそうですよ。だって、ほかの授業も全部ことばでやるのですから。お話をすることによって、子どもとの間に信頼関係ができれば、その関係は、他のあらゆる場面でプラスに働くわけですし。それに、お話を語ることは、先生方の声の訓練にもなりますよね。子どもたちによく届く声が楽に出せるということは、先生方にとっては、何よりの力になるはずです。

——東京子ども図書館の「お話の講習会」を受講される学校の先生は、以前は途中で脱落されることが多かったと聞きましたが、やはりその方の熱意だけに頼っていてはそうそう量的には拡大はしないでしょうから、どこかで制度と上手に手をつなぐ必要もあるのではないでしょうか。学校の先生が講習会を受講するときには、時間も費用も公的にバックアップするとか、教員になろうとする人は在学中に東京子ども図書館の講習を受けて、それは卒業の単位になるといったことがあってもいいと思いますね。

◆◆子どもの現在

——だいぶおとなのことをお聞きしましたが、この二十年間、子どもたちあるいは子どもたちがおかれている状況で、何か特別に変わったと思われることがありますか。

松岡　最近は七〇年代に比べて少し落ち着いてきたように思います。世の中が不景気になるのは、子どもたちにとってはいいことなのかもしれません。この三十年ほどいろんな変化がありましたけれど、でも、やっぱり子どもはお話が好きなんだなあって思います。そのことは変わりません。

ただ、私たちが見ているのは、お話の場にきて、お話を聞いている子どもたちです。同じようにお話が好きでも、お話を聞く機会のない子どものほうが圧倒的に多いわけで、その子たちが、お話に対してもっている潜在的な要求をどんな形で満たしているのかを考えると、それは、二十年前とはずいぶん違ってきていると思います。

昔なら、本を読んだり、お話を聞いたりする機会がない子は、その分友だちと遊んだり、自然とふれたり、ぼんやりしたりできたんですよね。自然や友だち（生の人間）が、その子のイメージを養う情報源になっていたと思います。けれども、今は、子どもの生活のなかに、テレビや、ビデオや、コンピュータゲームといった人工的な刺激がたくさんはいりこんでいて、ありとあらゆる隙間を埋めつくしているという状態でしょう。そして、それは、すべて映像と機械の音による刺激です。静かな状況で、肉声によることばを聞き、ことばだけで自分自身のイメージを描き、心のなかの世界をもつことのできる子どもは、少数派です。

映像になったものを見て何かを感じることと、ことばだけでイメージをつくりだすということとは、脳のなかでも違う領域の営みで、たぶん頭のなかで〝棲み分け〟ができていると思うのですが、大勢の子どもにとって、ことばの領域で何かをすることは、非常にむずかしいことになっていると思います。そのことが、昔に比べて、たぶんいちばん大きな変化だと思います。

――お話を聞いたときにパッと食いつく力に違いがありますか。

松岡　ええ。今は、いろんなことをたくさん知っていますからね。はじめから好奇心を燃やして、食いつこうという姿勢にはならないのですね。でも、全く異人種になったわけじゃないし、脳の中身はそんなに変わらないと思いますから。ただ気が散るようなものが生活のなかにあまりにもたくさんあるということだと思うんです。

それと、もう少しお手軽なレベルでそれをやってしまおうという風潮が支配的なのではないでしょうか。考えてみれば、コンピュータゲームなども、みんなそうでしょう。話の骨組は昔話や神話ふうで非現実の世界を扱っているのですから。

――ただ、自分のイメージを飛躍させるというよりも、プログラムされているもののなかでの選択ですからね。

松岡　そう。でもやっぱり、あそこで味わってる快感は一種、そういう非現実的なとこへ行くとか、あるいは何かを自分のコントロールのもとにおくとか、そういう満足感でしょう。そこで満たされてる人間の要求には、お話を聞いて満たされる要求とオーバーラップするところがたくさんあるんだと思う。それを、あちらのやり方で満足させるか、こちらのやり方で満足させるか、ということじゃないでしょうか。あちらはある種の人工的な、そして人類の長い経験にあまり裏打ちされてないやり方でやっている。私たちは昔ながらの、もっと素朴で、しかも、もうちょっと確かな手応えのあるやり方でやっていこう……という。

忙しい生活のなかの、貴重な自由時間を、人工的に作られたゲームをすることだけに使ってしまう。そういう子どもたちに、かた一方で、おとながお話という質の違う楽しみをさし出して、こういう楽しみもあるんだということを知ってもらいたいと思っているんです。

――イメージする力が発揮しにくくなっているということはありませんか。「都会に住んでる子どもたちは夜も隅々まで街灯がついていて、ほんとの暗さを経験することがない」とよく言いますでしょう。たとえば「暗い森の中に入りました」というときに、暗い森ということばのもつイメージはかなり違ってると思いますか。

松岡　どうでしょうか。こんな言い方をするとおかしいかもしれませんが、昔、ほんとの闇を知ってた子どもが、「暗い夜の闇」ということばを聞いてそれを心に思い浮かべて、そのイメージから受けるインパクトと、人工照明のなかで育っている子どもたちが暗闇といわれて想像する暗闇――それは昔ほど暗くはないかもしれないけれど――から受ける力は、両方あんまり違わないんじゃないかという気もするんです。

ほんとの体験はそれほど深くはないかもしれないけれども、たとえば「暗い森」というものがもっているシンボリックな意味は、かなりの程度その子なりに受け取っているという気はするんです。

私の家の近くに古い家があって、そこのお庭は手入れしてない木がいっぱい生えているので、暗いといえば暗いんですよね。そこをある日私が通っていたら、ちっちゃな女の子が二人通りながら、ものすごく息をひそめてね、「ここ森みたいねえ」「森みたい」と言いながら歩いてるの。何とも言えずおかしくて、かわいらしくてね。

その子たちは大きな木がびっしり繁って陽もささないような森を体験していないかもしれないけれど、あんなにちょろちょろと木が生えている所でも森と思ってる。そういう子どものものの感じ方が、お話の森を支えているんじゃないだろうか。だから、シンボリックな意味では、今の子どももそれをある程度キャッチできる。ほんとの暗闇を知らないから、闇ということばのもつシンボルも全然感じられないかというと、そうではない気もするのです。気がするだけで、あんまり根拠はないんですけれど。そういう子たちが外国なんかに行って真っ暗な闇を見たり、星が上から降ってくるような状況に接したときには、やっぱり感動すると思いますしね。

人間の認識や想像には、後天的に経験によって獲得するものもあるけれど、おそらく遺伝子に組み込まれたものによって支えられてる部分もあるのかなあと思ったりもするんですけれど。

私とお話――忘れられないこと

◆◆印象的な出来事

――さて、修了生の方々にお願いしたアンケートに、松岡さんならどう答えられるか、大勢の方が関心をもっていると思います。松岡さんにも、いくつかの同じ質問をしてみたいと思います。まず、「印象的な出来事を教えてください」。

松岡　ああ、青森の三沢で講演をしたときのことですけれど、講演のなかでひとつお話をしたんです。そうしたら、お話をはじめたとたんに、十人くらいの人がパッと寝ちゃったんです。あれは、すごく印象的でしたねえ。講演会で、おとなが八十人くらいいたかな。「むかし……」って話しはじめたら、顔つきが講演を聞いてるときと全然違っちゃってね、たちまちのうちに十人くらい寝ちゃったんです。ものすごくうれしかった（笑）、お話で人を寝かせられるかと思って。それほどまでに人をくつろがせたわけでしょう。

「子どもにとって読書とは、とか何とか……」という口調と、「むかしあるところに……」というのとは、全然音の響きが違うんですよね。語ってる内容というよりも、声の調子だけで、人がくつろいで寝てしまうというのは、相当なことだと思うんです。お話というのはそれほどじかに人に働きかけるのかと思って、すごく印象的でしたね。

印象に残る子どもの反応というのは、そうねえ、いろいろあるけれど、昔、文庫にきていたユミコちゃんのことかな。ユミコちゃんは、「ちいちゃい、ちいちゃい」（『イギリスとアイルランドの昔話』福音館書店　所収）というお話が好きで、とにかく私の顔を見れば、それをせがみました。

あんなに一つのお話を一所懸命聞いた子はいませんでしたね。毎週毎週、何ヵ月も。はじめてお話を聞いて、いたくおもしろかったらしくてね。その次の週は庭から駆け込んできて、「先生、きょうも『ちいちゃい、ちいちゃい』して」って。「じゃ、しましょう」って話したんですが、それから毎週くるたびに「してくれ、してくれ」でしょう。お話のじかんに「きょうは○○のお話をします」と、別の話の題を言うと、そのとたんに、「それすんだら、『ちいちゃい、ちいちゃい』してくれる?」って。もうしないわけにはいかないんですよね。この話は、子ども向きの怪談のひとつですが、何度も聞くと、そのうちに「こわくない、こわくない」って言いだすんです。だから、エスカレートして、どんどんこわーい声出してやるようになったの。何ヵ月かしたころ、はじめてきた子があって、その子は途中でこわがっちゃって、パッと立っちゃったんですよ。そして「こわいー、こわいー」と私のひざにギュッとしがみついてきたというようなこともあったりして。もう毎回、綱引きみたいですよね。いよいよ「ちいちゃい、ちいちゃい」がはじまる段になると、子どもたちはみんなピッタリとくっついて、待ちかまえてるわけでしょう。終わると「ちーとも、こわくなかった」なんて言って、もう次を期待する。それが八ヵ月ぐらい続いたかなあ。そんなに聞いたんだから、息のつぎ方から何からみんな私がした通りに話せるはずだと思うんだけど、この間久しぶりに訪ねてきてくれましてね。今は、もう結婚して、アメリカの大学で教えているんですけれど。はいってくるなり、「ねえ、『ちいちゃい、ちいちゃい』して」って! 三十歳過ぎてもまだ聞きたがるんですからおかしいですね。

――松岡さんがお話されるときには、ご自分で本を読んでた経験があって、そのときに自分が描いたイメージで話をされるのですか。

松岡　それはそうですね。創作のお話の場合はそうですね。昔話の場合はこういうふうに語ろうと思って語ったのに、子どもがそういう聞き方をしないということがあってお話が変わるということがあります。「ちいちゃい、ちいちゃい」だって初めはすごくおかしい話だと思ったんですよ。だけど、子どもがすごくこわがるから、「あ、これこわい話なんだ」と思ったんです。だから、私の語りは子どもが作ったんです。それは昔話のときにはかなり起こりますね。創作のお話ではあまり起こらない。ただ私がするお話のなかで「ネズミ捕り屋の娘」（ローレンス・ハウスマン作　未邦訳）は例外で、私はもう少し軽い話だと思ってしたら、最初にしたときに何かもう地の底に引っぱり込まれるみたいに、みんなが深ーいところへ話を引きずり込んでしまったから、それで「あー」と思って、変わっちゃいました。自分がはじめに読んだときに作ったイメージがすごく違った話のひとつの例です。

――お話のレパートリーは随分たくさんでしょう。

松岡　そんなにたくさんありません。今すぐできるのって、五つぐらいかしら。実は、この間愕然としたの。死ぬまでにもうそんなにいくつも新しいお話をおぼえられないんだなあって気がついて。これまでにした話は、書き出したら二十もないかもしれない、十五くらいかもしれない。

若いときに「金の不死鳥」（『トンボソのおひめさま』岩波書店　所収）という話をおぼえたときには、別に何の気なしにおぼえたんだけれど、何回もしているうちにすっかり私のなかに定着してしまいました。自分が生涯に十話しかレパートリーをもたないんだとしたらそのうちのひとつにそれがなっているんですよね。たくさん読んで、そのなかからこれにしようといって、選んだわけじゃないんだけれど、偶然、してみようと思って、ぱっと選んだ話がそういうふうに自分の非常に少ないレパートリーのなかに落ち着いていくんだなあと思ったら、すごくびっくりしたことがありますね。

◆◆私の「三びきのクマの話」

松岡　「忘れられないお話を一話選ぶとしたら」――やっぱり、「三びきのクマの話」（『イギリスとアイルランドの昔話』福音館書店　所収）。かな。たぶんいちばんたくさんしたのは「三びきのクマの話」。

――「三びきのクマの話」は絵本になってるわけですが、お話をされているときに絵をイメージしていますか。

松岡　全然、絵は浮かばないの。ああ、浮かぶことは浮かぶけれど、何ていうか、かたまりしか見えないのね。物の形さえもしていないような、モワッとした大きいものと、中くらいのものと、ちっちゃいものというぐらいしか。人には「絵にしておぼえましょう」と言ってるんだけれど、この話の場合、音のイメージばっかりで。

なんというのかしら、あのお話を語るときは、自分の体が筒になったような気がするんですよね。昔話だからというのもありますけど、私自身が全然話とかかわらないでも、お話がどこからかやってきてスーッと私のなかをくぐり抜けていくという感じ。話が自分のなかにあって、それが出ていくという感じは全然ないのです。ああいうお話の場合は、私自身は筒のようになっていて、話は私のなかを通っていくだけという感じ。だから、ものすごく楽なんですね。やってと言われれば一日十回でもできるって感じがするんですよね。

そのほかのお話だとちょっとしんどいし、一度したらしばらくはそのお話はしたくないとか、そういうことがありますけれど。

——というと、お話のどこかにこだわるということですか、自分が。

松岡 うん、私が話してるという感じがどこかにある。なかが空洞っていう感じはしなくて、お話が詰まってるっていう感じ。お話がよそからきて私を通って出ていくっていう感じじゃなくて、やっぱり自分から出ていくっていう感じがするんですよね。「ちいちゃい、ちいちゃい」とか「三びきのクマの話」の場合は、気持のどこにもひっかからないんですよね。音だけですよ。ただ様式だけだからでしょう。

◆◆お話の不思議

——たくさんのことをお聞きしました。そろそろおしまいにしますが、松岡さんは、この二十年間、ここで学ばれる人たちとずっと一緒にいらしたわけですが、数えきれない語り手のドラマをご覧になってこられたのではありませんか。

松岡　アンケートの質問にはなかったけれど、二十年間くらい見てきますと、受講生は変わってきましたね。初期のころの人にとって何がいちばん厳しいハードルだったかというと、人の前に立ってものを言うということだったんです。だから、その人たちは、自分のなかでお話のイメージをふくらませることはお出来になるんだけど、人の前に立ってものを言うということができないために、そこで足踏みして、ものすごく苦労なさったんですよねえ。

そういう類の苦労は全く影をひそめましたね。今の人たちははじめっから全くものおじせずに人の前に立って話をなさるし、もちろん足が震えるとかおっしゃいますけどね。でも、昔の人ほど心理的にすごく困ってらっしゃるふうには、正直いって見えませんね。

それで、形になったお話をとっても上手になさる。はじめっからとても上手になさる方が増えていると思います。それはいろんなところでお話を聞いていらっしゃるからでしょう。

だけど講習会の途中で劇的に変化する人は減ってきたと思います。昔の人は受講期間の途中あるいは二年間の講習が終わって、脱皮したとしかいいようのないような変身をみせることがあって、そのときからすごくおもしろくなるとかね。今はそう劇的に変わったという感じの人は少なくて、やはり全体にお上手になってきています。それでいて、もっと深いレベルでは、人の前に自分を出すことのためらいみたいなものはすごくあるような気がしますね。何か、人と人との間がよそよそしくなってるんですねえ。だから、安心して人の前で何か言ったりしたりできないっていうところもあるのかしら。以前の人はそういうレベルのことじゃなくて、単に人の前に立ってものを言うという、そのことができなかったのですけれど。

でも、お話は、当人がそうしようと思おうが思うまいが、結局は、語り手の人、人を出してしまうものですから、お話をしているうちに、少しずつ殻がとれて、安心して自分を出せるようになっていくと思います。そして、これは、今の教育のなかではなかなかその機会のなかった、大きな、ほんとうの意味での自己変革、自己教育だと思います。

二年間の講習を終えると、みなさんどこか明るく、柔らかくなられたという印象を受けるのですが、それは、目に見えないところで、そういう変化があったからかなと思っています。その意味で、お話のもつ〝教育力〟はすごいですね。

――修了生のみなさんの、全部ではありませんが、アンケートに答えてくださった方々の実践記録が、『お話――おとなから子どもへ 子どもからおとなへ』の巻末にあります。実にさまざまな地域・場所で、子どもたちだけではなく、「お話」に関心を寄せられているると思われる大勢のおとなの方々にも、まことに多彩なプログラムで、お話が行なわれていて、これには驚きましたね。

松岡 こんなに大勢の方が、子どもたちにお話を届けていてくださるかと思うと、ちょっと圧倒される思いですね。ほんとにありがたいと思います。いつもいつもというわけでなくても、このなかのどこかで、語り手も、子どもたちも、お話を共有したという、あの不思議な感動を味わっていってほしい。一回でも、二回でも、そういう不思議に触れるということは、おそらく私たちが考えている以上に、大きな意味のあることなんだと思います。これから、お話をはじめる人々も、ぜひこうした先輩のあとを継いで、子どもたちも、自分自身も豊かに、幸せにしてくださるよう願っています。

――最後に、松岡さんにとって「結局、つまるところお話とは……」。

松岡 大きくて、たのしみななぞ――かな。

一九九四年二月十一日

引用・参考文献

35頁　ことばの誕生――うぶ声から五歳まで　岩淵悦太郎ほか著　日本放送出版協会　一九六八年

36頁　お話とは（レクチャーブックス◆お話入門1）　松岡享子著　東京子ども図書館　二〇〇九年

40、46頁　ヨーロッパの昔話――その形式と本質　マックス・リュティ著　小澤俊夫訳　岩崎美術社　一九六九年／岩波文庫　二〇一七年

42頁　*Summoned by Books : Essays and Speeches* by Frances Clarke Sayers. Viking, N.Y., 1965
一部訳は下記に収載「語り手のわざ」F・C・セイヤーズ　松岡享子訳　「こどもとしょかん3号」一九七九年

63頁　えほんのせかい　こどものせかい　松岡享子著　日本エディタースクール出版部　一九八七年／文春文庫　二〇一七年

85頁「人格形成における空想の意味」　小川捷之「こどもとしょかん7号」収載　一九八〇年

新装版
シリーズ
完結！

レクチャーブックス◆お話入門 シリーズ 全７巻

松岡享子 著

１～６　各 B6 判　各定価：本体 800 円＋税
７　A5 判　定価：本体 1200 円＋税

1. お話とは　112p　ISBN978-4-88569-187-4

お話とは何か、なぜ子どもたちにお話を語るのか、語り手を志す人へのアドバイスなどを述べた入門書。

2. 選ぶこと　124p　ISBN978-4-88569-188-1　New!

お話を選ぶための原則は？　語るに値するお話の条件とは？　物語の構成、ことばや内容の問題を例をあげながら解説しています。

3. おぼえること　112p　ISBN978-4-88569-189-8　New!

お話のおぼえ方の基本等を、くわしく解説しています。『お話――おとなから子どもへ 子どもからおとなへ』（日本エディタースクール出版部 1994 年）収載の松岡享子へのインタビューを再録しました。

4. よい語り――話すことⅠ　132p　ISBN978-4-88569-190-4

お話を子どもと分かち合うための“よい語り”をめざして、声、速さ、間、身ぶり、物語の性格とそれに合う語りなどを取りあげて考えます。

5. お話の実際――話すことⅡ　100p　ISBN978-4-88569-191-1

お話会の時間や場所をどのように設定するか。語り手はどんなことに気をつけたらいいか。具体的な例をあげて伝えます。

6. 語る人の質問にこたえて　148p　ISBN978-4-88569-192-8

お話についての疑問に答えた、たのしいお話８「質問に答えて」に、機関誌 104 号の評論「質問に答えてⅡ」を加え、加筆訂正しました。

7. 語るためのテキストをととのえる――長い話を短くする

松岡享子編著　152p　付録 72p　ISBN978-4-88569-193-5

長い話を子どもたちに語れるように短くする実践講座の記録。松岡享子指導のもと、文章を整えていく過程をまとめました。Book in Book 形式で、原文と整えた例を対照した付録を挟み込んでいます。

松岡享子　まつおか　きょうこ
1935年生まれ。神戸女学院大学英文学科、慶應義塾大学図書館学科を卒業。1961年渡米。ウェスタンミシガン大学大学院で児童図書館学を専攻の後、ボルティモア市立イーノック・プラット公共図書館に勤務。帰国後、自宅で「松の実文庫」を開く。1974年に石井桃子氏らと東京子ども図書館を設立し、理事長に就任。2015年より名誉理事長。
創作に『くしゃみくしゃみ天のめぐみ』、翻訳に「ゆかいなヘンリーくん」シリーズ、おとなむけに『えほんのせかい こどものせかい』、『子どもと本』など多数。

おぼえること（レクチャーブックス◆お話入門3）

1979年1月25日　初版発行
2018年6月26日　新装版第1刷発行

著　者　松岡享子（まつおかきょうこ）
発行者
著作権所有　公益財団法人 東京子ども図書館
〒165-0023　東京都中野区江原町1-19-10
TEL 03-3565-7711　FAX 03-3565-7712
印刷・製本　精興社

ISBN 978-4-88569-189-8